KB106935

슬로시티

예술가시선 06

# 슬로시티

초판 1쇄 발행 2015년 5월 20일

저　　자 김시평
발 행 자 한영예
펴 낸 곳 예술가

주　　소 서울특별시 송파구 문정로13길 15-17, 201호
등　　록 제2014-000085호
전　　화 010-2030-0750
전자우편 kuenstler1@naver.com



ISBN 979-11-953652-6-5 03810



이 도서의 국립중앙도서관 출판예정도서목록(CIP)은 서지정보유통지원시스템 홈페이지(http://seoji.nl.go.kr)와 국가자료공동목록시스템(http://www.nl.go.kr/kolisnet)에서 이용하실 수 있습니다.(CIP제어번호: CIP2015013208)

# 슬로시티

김시평 시집

2015

Sustainable Carpe Diem

지금이 아니면 언제인가? 순간을 포착하라, 오늘을 즐겨라!

허무의 구더기 우글대는 막장 속 피고름 뱉어내기로

가진 재능 살려가는 여기가 즐거움이기를

오늘의 즐거움이 지속 가능하면

탁월한 선택이다

죽음 끼고 즐겨하기

아픔 잘라내며 연단하기로

때를 아끼며 기회를 놓치지 말라!

## 시인의 말

별이 별 모양★인 까닭은 자기 안에 또 다른 작은 별을 품고
있기 때문이다
자기 닮은꼴, 생명을 잉태하고 있다
별이 아름다운 까닭이다

별이 詩이고 내가 별이다

저물어야 보인다
달과 별의 속삭임, 꽃과 풀벌레의 합창, 짐승의 야성적 눈빛,
가족의 고마움 같은 것들

우주의 질서는 새삼 오묘함으로 가득하다
삶의 너울도 생각보다 높고 다양하다
詩 작업은 지고선을 향한 열정이며 기도이다

— 2015년 봄
김시평

## 슬로시티

차 례

## 제2부

## 제3부

## 제4부

## 제5부

# 제1부

# 回轉門

열차의종착역종착역입니다 —— 짐놓아두고서둘러내린곳
지하철死번출구 生맥주 시원한 저잣거리입구다
입구인가? 돌아보니 헛갈린다 출구인가?
— 출생의비밀문 — 여자의자궁문 — 남자의회전문 —
신의나들목을 알수있는 사람은 산자일까 죽은자일까?

# 자본은 위대하다

포탄이 터졌다. 피가 흥건히 고였다. 병사가 신음하고 있었다. "나 죽을 것 같아. 나 박일병에게 10불 빌렸으니 대신 꼭 ...." 그것이 마지막이었다. 돈 벌어 학비에 보태려고 월남까지 왔다 하더니만.

돈은 사람을 착하게 한다. 돈은 사람을 진실하게 한다. 돈은 생명줄이다.

자본의 노예가 된다는 것은 얼마나 인간적이냐! 생명에게 제대로 된 값을 주기만 하면, 자본은 스스로 올곧게 진화한다.

자본은 위대하다.

# 천 원짜리 자유

노숙자가 오뎅 한 꼬치와 한 줄 김밥으로 질긴 목숨을 이어갔다. 재활보호시설의 안락한 억압이 싫었다. 단돈 천 원짜리 자유를 그리워했다.
자본사회가 대량소비를 이끌었고 대형종교집회가 성행했다. 무질서가 증가하며 욕망이 무한증식하고 있었다. 이를 감당할 변변한 영적 지성이 없었다.
대형선박이 자기 앞바다에서 구원받지 못하고 침몰했다. 죽은 자에게 퇴선명령이 하달되지 않았다.
진실은 언제나 솔직함에서 찾아야 했다. 자유는 진리 속에 내주하며, 자본은 자유를 먹고 자란다.
영성은 천 원짜리 자유를 찾아 광야로 돌아갔어야 했다.

# 전투수칙 1

군에 입대했다 군인은 회색 인간이었다. 군대는 정상을 비정상으로, 비정상을 정상으로 만들었다 회색 뿔테안경을 지급받았다

월남 파견을 자원했다 앰뷸런스가 계곡으로 추락했다 멀쩡했다 전선 어디에서도 무사하리라는 확신이 가슴에 차올랐다 특등사수가 되었다 회색 뿔테안경이 깨졌다

군인에게 불가능이란 없다 고통과 고난은 생존을 위한 필요조건에 불과했다 어떤 경우에라도 살아남아야 했다 깨진 안경을 대신하여 5관이 진화했다 가까운 것은 잘 보였다 코가 예민해지고 귀가 밝아졌다 매복 작전에 유리했다

병영은 A 텐트에서 각자 독립적으로 운영되었다 참호가 내무반이었다. 병사들은 평등했다 장전된 소총과 수류탄을 부적처럼 지니고 있었다. 폭력과 착취와 부패가 사라졌다 애국심과 자존감이 고취되었다 무장한 자유인! 주

월 한국군은 푸르고 침착했다

# 전투수칙 2

꽃잎이 탄흔처럼 널려있다
피다 만 하얀 꽃, 하얀 피 흘리며 지고
멍울진 붉은 꽃, 붉은 피 흘리며 졌다

아파도 울지 마라, 우리는 계속 뛰어야 한다
아침이 밝는다, 기상!

충성! 꽃 떨군 가지마다 새잎 돋기를
필승! 꽃 떨군 꼭지마다 열매 맺기를

철조망 휘돌아 핀 꽃가지, 나뭇잎 여전히 푸르다

# 소부르주아의 향기

천 원짜리가 싸구려로 구겨지고 있을 때 5만 원 고액권은
황금빛으로 파릇파릇했다
신사임당이 앞장서서 금융경제를 이끌고 있었다

가난을 훈장처럼 달고 다니며 몰아세우지 마시게

그녀인들 외롭지 않으랴
그녀인들 그립지 않으랴
그녀인들 두렵지 않으랴

구겨지며 사랑하며 살고 싶지 않으랴

# 돌잔치

첫돌 아기 앞에 연필, 실타래, 돈, 청진기, 마이크가 놓였다
무엇을 고를 것인가
엄마는 돈을 잡기를 기대했다
아기의 손이 움직였다
마이크를 골랐다 언론인이나 연예인이 될 터이다

아빠가 돈 한 장을 더 얹었다
아기 앞으로 땡겨 놓은 돈, 아기의 손이 다시 움직였다
청진기를 잡았다 아기는 생명을 위해 봉사하고 싶은 것
이다

와! 탄성이 울렸다
아기는 잘 자랄 것이다 자본을 거느리면서

# 까르마 50

일단의 전투복이 한 여인을 빙 둘러쳤다 그만큼의 여인들이 야자수를 둘러쌌다 저항할 수 없었다 통증 같은 쾌감이 아랫도리를 훑고 지나갔다 관음증환자가 진저리를 쳤다 색시! 색시! 고함치며 미군병사가 트럭에 실려 갔다 의정부에서 간호사를 사모하던 국군병사가 월남으로 떠났다

고엽제가 뿌려졌다 포로에게 노래를 가르쳤다 그녀는 대한민국을 열망했으나 거절되었다 성경이 찢겨 나갔다 여전사가 노루눈을 치켜뜨고 떠났다 전쟁고아가 기다렸다 야자수가 아이를 버렸다 '크레모아' 가 터졌다 조명탄이 타올랐다 의정부에서 간호사가 결혼했다 쥐뿔! 시집가면 갔지 왜 떠드는 거야 야자수를 향해 M-16의 방아쇠를 당겼다 노루눈이 죽어가고 있었다 포탄이 날았다 병사가 피를 흘리며 신음했다 생사가 총포의 궤적에 의해 결정되었다 피비린내 뜨거운 전율이 전신을 휘감아 돌았다

전투수당이 지급되었다 미군달러가 괴력을 뽐내며 진화

하고 있었다 5천 명 이상의 한국젊은이가 이국땅에서 조국의 이름으로 산화했다

월남이 통일되었다 '호찌민'의 냉동된 주검이 하노이 광장에 전시되어 한국 관광객을 맞았다
한국은 한강의 기적을 이루었다 월남공산당이 새마을 운동을 배우기 위해 서울, '박정희' 기념관을 찾았다 2014년, 월남참전 50주년이었다

# 대도무문大道無門

자본이 걷는다 위대한 길, 홀로 부패하기 쉽다.
노동이 걷는다 신성한 길, 홀로 타락하기 쉽다.
기술이 걷는다 탁월한 길, 홀로 소멸하기 쉽다.
이제는 큰길로 나가 모두 함께 걷자, 모든 길로 통하는 상생의 길!

지혜의 저울이 한쪽으로 기울지 않기를, 좌로나 우로나 치우쳐 편 가르지 않기를, 진보의 가치를 예지로 선점하는 보수이기를, 보수의 열매를 인내로 기다리는 진보이기를.
무지와 편견과 오만은 떠나가라. 가짜는 그만 가라.

길목마다 희망의 등불을 밝히고 진실을 이야기하자. 우리에겐 하여야 할 일이 있다. 이루어야 할 꿈이 있다. 자유여!

# 무슨 소용인가

복권에서 1등에 당첨될 확률은 눈비 오는 날, 벼락 맞아 죽을 확률과 비슷하다. 죽는다면 복권 당첨이 무슨 소용인가.

복권 1등은 마른하늘에 날벼락 맞을 확률보다 높다. 내가 30억 중 유일하게 엄마를 만난 필연, 그 확률보다 훨씬 높다. 더구나 당첨과 벼락 사이에는 아무런 상관관계가 없다.

복권 1장을 샀다. 자본주의 몰락을 합법화하는, 가난한 이에게 복의 씨앗을 심어주는 복권이려니. 흘깃 올려다본 마른하늘에 벼락이 치고 있었다. 마누라 우렛소리 "한 장이 뭐야, 다섯 장은 사야지!", 당첨확률은 5배 높아질 것이다.

# 벙어리가 詩를 쓰기 시작했다

긴 머리카락처럼 수직 결로 비가 내렸다 숨에도 결이 있었다
층간 소음에 신경쇠약이 되었다
문지방 넘나드는 소리, 자크 여닫는 소리, 벙어리는 갈 곳이 없었다
휴가철 금리는 동결되었다

정치 창녀촌, 손님 모두가 주홍글씨다
절대신을 절대적으로 믿는 자는 절대적으로 무흠하다
이승만을 건국하라 해방둥이에게 해방수당을 지급하라
주가株價가 게걸음 치고 있었다

너를 보면 생각나는 것, 시체를 체포하기 위해 구속영장을 재청하였다
파산선고! 연애, 결혼, 출산이 유보되었다.
미스 텍사스의 미모가 마사지 룸에 낙찰되었다
골드미스가 대리남편에게 운전을 시키다 사고가 났다

폭력에 대한 무저항은 전통이었다 강시殭屍가 구타당했다
부동산이 꿈틀거렸다 간디의 여름이 점점 무더워져 갔다
벙어리가 詩를 쓰기 시작했다

# 마루타

통나무가 타올랐다
아우츠비츠에서 유태인이 검은우유를 마실 때
후쿠오카에서 별을 헤아리던 청년시인이 크게 외치면서
죽어 갔다

실험용 쥐처럼 죽어 간다는 것
인질이 불타며, 산 채로 찢어지고 목이 잘려진다는 것

보톡스가 타올랐다
지난 100년간 지구온도는 0.75도 상승했다
한국은 1.5도 상승했고, 서울은 3.0도가 상승했다

아줌마의 주름 밑으로 자리를 옮겼다
피부가 통나무처럼 팽팽해졌다
통나무가 직거래되고 있었다.

# 광릉 크낙새

태조–태종–세종–세조, 그 혈통이었다.
노거수老巨樹에 둥지를 틀고 크낙크낙, 임금님을 지키고
큰 숲을 지켜왔다

왜 승천하지 못하는가?
한 나라를 세웠어도 동구 밖에 묻혀 눈물만 흘리는도다
못다한 한이 서려 억새풀도 우는 역사 앞에서 오늘도 서럽
기만할 텐가

반 천 년!
몰락하는 제국의 막차 탄 임금을 보았다
숲으로 가렸던 하늘이 보였다 크낙크낙
새가 날아가 버렸다 無去無來!

# 겸손

부르주아 인텔리겐차가 비굴해진 가난에게 뿌리는 안개
같은 것
슬퍼하며 애통하는 자가 누리는 긍휼
자기 사멸에 대한 정당방위
그것은 순종의 어머니

# 제2부

## 내시묘비

王의 그림자
달빛 산그늘에 잠들다
나돌
의려
씨다
알오
누가 아이를 낳았는가

## 벚꽃의 지평

피어나면서 빨아들인 봄, 솜사탕 부풀어 오르듯
팝콘 튀어 오르듯 화사한 눈썰미, 만나자 버릴 수 있다는
것은
죽음을 앞서가는 순결한 예지, 길들여지지 않는 4월의 자
유,
열정만으로 모반을 준비했다

달빛을 도륙하라, 밤하늘에 내리는 눈꽃의 군무, 야습이다
개화보다 강렬한 소멸의 쾌감으로, 죽으면 죽으리라
바람을 믿는 게 아니었다 달빛의 지공에 밀려 항서를 쓴다

하얀 피 뚝, 뚝, 휘몰아치는 환희의 단두대
순교자여! 순간에 죽어 영원을 꽃피우는 모순
꽃이여! 하루를 살아도 너와 함께 행복일러라.

# 슬로시티

시간의 틈새로 내다보니 푸른 나무가 고목이 되었네요
공간의 틈새로 가늠하니 오며 가며 길이 생겼네요

빛과 그림자 사이, 빛과 나와 너의 거리, 그림자와 꽃나비의 명도, 새싹과 낙엽의 온도 차, 미움과 사랑의 진폭, 삶과 죽음의 경계

현생이 과생過生과 내생의 틈새네요
상하좌우, 팔방을 합쳐 宇라 하고 그 속을 가로지르는 시간을 宙라고 하지요
삶이란 공간을 타고 앉아 시간을 보내는 것이 전부일 리 없지요
빠름과 느림, 얕음과 깊음 같은 품격이 있을 법하네요
우주경계에 서서 햇살 몇 켜 잡아 놓아야 늘어난 순간을 즐길 수 있겠군요

틈새에 있어야만 생성과 소멸을 알겠군요

# 팥빙수

해지고 달도 저물었다
먼 데 천둥번개 쳤다
별빛 차가운 해골 언덕 맞은편, 검은 박쥐 두려움에 떨며
날았다

피비린내 비릿한 젖은 바위, 눈알 빠진 시체 버려져 있다
이끼 낀 동굴, 빛을 빨아들이는 회칠한 벽면에
붉은 독사 혀가 날름
음습한 바람 일자 까마귀 깍깍!
지네발을 찢었다

얼음골 추위가 그리웠다
얼음물 끓여 먹거나, 끓는 물 얼려 먹었다
무릇 살아 있는 것은 얼어 터지거나 끓어 넘쳐야 제맛이
난다
영하30도, 끓어오르던 떡고물 산체로 얼어 버렸다

회색의 공간, 관 뚜껑이 열렸다

마른 뼈다귀 나뒹굴고 괴기한 그림자 혀 빼물고 섰다
앞이마는 백골로 삭아 차마 푸르다
강시다!
썩다 만 살점 하나 뚝, 엉긴 피 쭈르륵!
해골바가지 골수를 퍼마셨다
으걱으걱! 뼈 갉는 소리
어적어적! 수수밭 시궁쥐 통째로 씹어 먹었다

자주색 입술에 피멍든 눈이 움푹했다
길게 늘어진 머리칼에 하얀 치마 스르륵!
흡혈귀, 처녀귀신
긴 손톱 갈퀴 삼아 심장을 후벼 팠다
입가에 흐르는 선혈이 얼음장이다

# 예술가

애당초 떠돌이였다. 말을 거꾸로 타며 박치기를 좋아했다. 오지랖이 넓어 싸움질해댔다. 망아지를 잃어버렸다. 집을 짓기로 했다. 나만의 동굴, 둥글고 매끄러운 자갈을 초석으로 깔았다. 거푸집이 파편처럼 여기저기 두리번거렸다. 어깃장 못질했다. 대들보를 얹었다. 삐딱했다. 그로데스크 집이 완성됐다. '탁월한 집' 이라고 이름 지었다.

밥 먹을 시간에 딴청부리고 있었다. 아무 때나 아무 데서나 욕했다. 화장실에서. 당돌한 녀석. 하수도관 뻥 뚫리는 소리를 좋아했다. 수돗물을 좋아하지 않았다. 목말랐다. 소멸되어 가리라. 축제를 열었다. 격정의 노래를 불렀다. 부르지 않는데 어찌 알 것인가? 창문을 열어다오. 럭비공이 튀었다. 찌그러진 양푼이 튕겼다. 꽃대공이 꺾이고 나비가 날았다. 개가 짖었다.

빨간 글씨로 맹견주의! 라고 크게 썼다. 개집치곤 괜찮은 편이라고 했다. 지붕을 무지개로 채색하고 매물로 내놨다.

# 복식부기

내 속에 내가 여럿, 내가 모르는 내가 있다.
내 속에 네가 여럿, 나도 잘 모르는 데 너를 어찌 다 알겠
니?
네 속에 나 또한 그러할 것.

너와 내가 단둘이, 그렇게 여럿이 만나

서로 사랑한다는 것은
어쩌면,

# 주리고 목마른 자의 토설

밥이 고프고, 술이 고프고, 섹스가 고픈 날이 있다.

첫째, 밥이 고픈 날에는 소나무 껍질에 풀뿌리 얹어 짓이겨 먹었지. 죽사발, 허기진 배 움켜지고 끙끙, 똥구멍이 째졌다. 개구리 도롱뇽 알, 날 체로 삼키고, 진달래, 아카시아 꽃 따다 쫄깃한 흙떡에 비벼 먹었다. 메뚜기 튀는 밭두렁, 토끼 쫓아가며, 뱀 껍질 벗겼다. 개 잡는 현장을 아이들에게 보이지 말라! 잘 싸대야 제대로 먹을 수 있다. 비로소 아픈 똥구멍에서 해방되지 않았더냐.

둘째, 술이 고픈 날에는 술찌거미 끓여 먹고, 에틸알콜에 물 타서 마셨지. 대통령, 국방위원장, 왜놈, 되놈, 양코쟁이, 내 가슴에 술을 부으면 모두 까맣게 탔다. 인민에 의한, 인민을 위한, 인민의 나라. 대한민국! 6.25가 62를 넘어서도 해 처먹고 있으면 5적이다. 미군 짬방통, 부대찌개 끓여 놓고 처음처럼 참이슬 들이켰다. 5적은 어데 있나? 도둑놈들아! 소주 1병 추가! 도저ㄱ니ㅁ드라!

셋째, 섹스가 고픈 날에는 쑥 캐는 여자가 땅기었지. 봄의 향기, 씨알의 비린내를 없애 주는 쑥녀! 나탈리에게 전화했다, 오필리아에게. 기다렸다. 마리아 막달레나, 포우의 여자 에나벨리. 젖 한 접시, 함께 노래했다. 옹녀는 토종이다. 젖꼭지 발갛게 달아오르는 긴, 밤 지새우며 노래했다. 외젠 들라크루아, 자유는 절대적 빈곤에서 출발한다. 뉴욕은 덥다. 자유의 여신, 우리는 섹스가 고프므로 좆같이 평등하다.

배가 몹시 고픈 날, 뭔가에 미쳐 버린 날이, 설사하는 날이 있다.
주리고 목마른 자는 복이 있나니 저희가 배설할 것임이라.

# 詩란?

작은주홍글씨로쓴안개속참회록

미친자아거시기하는먼데닭홰치는소리

# 나르시스

어차피 영웅은 존재하지 않는다는 사실에 지루함을 느낀
어느 날
호숫가 물속에 비친 아름다움을 향하여 몰락했지
그 자리에 수선화가 피어났지

몰락한 게 나이고 아름다움이 나이고 수선화가 나였다

사람이, 사는 것이 싫어지는 때가 있다
네가 싫다
시끄러운 세상사가 싫다
싫은 것은 싫은 것이다

수선화가 몰락하고 아름다움이 몰락하고
나, 나에게 몰락하고 싶은 것이다
한 낮쯤엔 졸고 싶은 것이다
꿈꾸고 싶은 것이다

# 내일 죽으면 호상이다

모든 것이 空이고 허상이라면 무엇으로 존재한단 말이냐?

우쭐나거나 유별나거나 고결한 존엄이다.
신의 택함을 받는 것이다. 필연이다.
존재의 탁월함, 영감靈感이다. 예술이다.
탁월하지 않으면 나의 나 됨이 무슨 소용인가?

참이란 있는 그대로 보고 듣고 말하기다. 과학이다.
쿼크는 자기장 안에서 자유롭게 운동한다.
움직임은 진화이다. 노동이다. 자유이다. 소멸이다.

사랑하며 사랑받으며 착하게 살고 싶다.
반은 갖고 신세 지지 않는다. 반은 나누고 즐겁다.
개들을 삼가며 좌우로 흔들리지 않는다. 더불어서 함께 부르는 노래!
사랑은 결국 중용中庸이다.

아름다운 소멸이 삶의 목표다.
자발적 몰락은 탁월하지 못한 자의 탁월한 변명이다.
탁월한 선택은 죽음을 초월하는 믿음 같은 것.

오로지 붙잡는 것, 있는 그대로 받아들이는 것, 생명을 맡기는 일.

# 뇌분해

깨달음이란 존재의 소멸을 알아채는 것이다

기억은 소멸되었다

뇌에는

꿈이

전

부

다

# 낙지해물탕

먹물 한 번 토해 보지 못하고 통발 속에 갇힌 시간이 얼마던가
설설 끓는 물소리에 강시로 되살아난 이수팔족二手八足

흐느적거리다가 움츠리다가 자근자근 익어 가는 육질이 쫄깃하다

콩나물 장단에 냄비 뚜껑 두드리며 솟구치는 모시조개
게거품 물고 옆길을 찾아 돈다

때깔도 고와라,
뜨거운 소용돌이, 시원한 먹물

# 입관

뉘신가? 수의 입고 손발이 묶였으니 죄인이로다
몸뚱이가 바뀌면 아니 되노라

애통하구나! 깜깜하도다 춥도다
머리카락 손톱 발톱 다섯 주머니를 남기고 가노라
참됨과 착함과 의로움 중에서 믿는바, 행한 것으로 관의
빈자리를 채우라
―――――――――――――!
아무도 안 계신가?
―――――――――――――!

암회색의 좁은 공간, 주검 하나.

# 낙엽 소묘

수줍은 꽃잎이 떨며 섰을 때
나뭇잎은 연초록 맑은 이슬 머금어 아침을 열었네
열매 맺고 나서야 먼저 스러진 꽃이 아름다운 이유를 깨
달았지

석양에 비껴 색동옷 훌훌 벗은 아기단풍, 작은 손 벌려 멍든
몸을 씻었네
차마 떠나지 못한 가을의 마지막 단장, 곱기도 하여라
타오르는 연못가, 갈잎은 흙냄새를 따라 조용히 떨어져
내렸지

원래부터 그리될 것이라는 걸 잊고 살아 온
무념무상의 풋풋한 임종
깨달음까지도 비워버린, 너 망각이여!

# 노인요양병원

인생을 정리하고 깨달을 시기? 너무 늦었습니다.
대소변 받아내고 욕창을 갈아 눕힌다. 피부가 썩는다.
미안합니다.
말기암의 신음소리, 호스피스 천사님! 진통제 좀 주세요.
헛되고 헛되니 모든 것이 헛되도다, 전도서를 읽는다.
이 세상에서 저 세상으로 갈아타는 환승역, 천국행은 비싸다.
이해합니다.
기억이 차츰 멀어져 간다. 남은 소망 하나, 어떻게 죽을 것인가!
가끔 찾아오긴 해도 아무도 제 몫이라고 챙기지 않는 영구보관화물.
어젯밤 화물칸 한 자리가 비었다.
할 바를 다 했다는 하늘의 부름,
참 고맙습니다.
죽어서야 나갈 수 있는 곳, 다시는 돌아오지 마세요.

# 제3부

# 神의 음료

커피 밸트는 이슬람의 세계, 소통의 시대에 대폭발이 일
어났다.

커피 한잔 어때? 불면의 밤이여!
와인은 많은 사람을 위하여 흘린 대속의 피, 생명이다

와인 한잔 어때? 밤의 유혹이여!
잠을 불러오는 와인, 잠을 쫓아내는 커피

아침엔 커피, 저녁엔 와인
가브리엘과 일하다가 야훼와 잠들었다.

# 대하소금구이

불타는 소금 위에서 앗 뜨거! 솟구친 첫 경험, 생명과 바
꾸었다
생이 뭐 그리 대단한 것이랴, 한 번의 정염으로 족하다
영원의 지루함과 순간적 쾌감,
서서히 썩어져 바다의 오물이 될 바에야
번제燔祭로 타올라 신의 먹이가 되리라

# 사농공상士農工商

직업에 귀천이 없다지만 세상에 장사만한 것이 없었다. 그중 으뜸이 신神 장사, 다음이 사람 장사, 돈 장사, 물건 장사 순이다.

사이비종교가 신을 팔았다. 물질은 세속적인 것이었다. 정치사기가 판을 치고 있었다. 사람을 표로 환산하여 사고 팔았다. 권력은 맛있는 미끼였다.
돈이 최고였다. 빚을 져서라도 허울 좋게 살아야 했다. 빚은 차츰 갚아 가면 될 일이었다. 부채자본주의가 만연하고 있었다.
농작물 값은 작황에 따라 품목별로 기복이 심했다. 조직적 대응을 부르짖었으나 남는 장사가 아니었다. 농민은 더 이상 표밭이 아니었다.

인문학과 창조경제와 사회통섭이 인구에 회자하고 있었다. 사채업과 정치사기와 말세종교가 사농공상을 갈아엎고 있었다.

# 내림굿

빛이 어둠을 물리고 새벽을 내려왔다
눈과 비, 달과 별이 내려왔다
화사한 단풍이 가을 산을 천천히 내려왔다
아이삭 뉴턴의 사과가 수직으로 떨어졌다
죄 껍질, 광기가 불가마로 떨어졌다

풀무질하는 용광로처럼 불기둥이 솟아올랐다
부르짖어 눈물 흘리며 심장을 궁굴리며 뛰었다

우주만상이 지극히 신묘하여 때를 헤아려 알려 주었다
천기가 누설되었다

# 산서山西에서

새로운 길 찾아 둘레올레 다니려니
쓸려지지 않는, 잘 타오르지 않는 돌부처 황금보살 산허
리에 앉아있다

하늘로 솟구치는 비룡이 될지라도
어떤 깨달음도 새로운 것이 아니라는
무릎 시린 결기

노화된 숨결 몰아쉬며 길 따라
길을 걷는 자존까지

# 고려청자

흙으로 빚었으니 흙이라, 구름 위를 나니 학이라
목을 타고 흐르는 부드러움과 강직한 곡선
부처님의 현신인 양 의연한 자태, 무릎 위 손가락이 닮았다
가야금 줄 차마 떨치지 못하는 모정, 깊게 울리는 가슴이다
모란넝쿨, 조롱박에 담긴 비취색 하늘이 은은하다
깨어질망정 결코 눌리지 않는 청옥의 기품, 고려여.
하나 가득 비우랴 반은 남기랴
베어보면 대나무향 은은한 그리움이다

# 골프는 맛있다

소풍날 다가오는 설렘으로 첫날밤 기다리는 두근거림으로 연초록빛 방사를 꿈꿨다

타석에 올랐다 초원이 펼쳐졌다 목표점을 정조준하고 꽈배기처럼 몸을 비틀었다 드라이버에 원심력을 실었다 손목의 코킹을 풀어 가속도를 붙였다 몸의 축을 허물지 말라 힘의 중심점은 낭심이다 서두르지 말고 부드럽게 애무하라 열 받은 천사의 공알, 하얀빛으로 창공을 날았다 중력장에서 휘는 빛을 열망하라

빅마우스가 기다리고 있었다 물도 없고 풀도 나지 않는 사막, 마음을 열고 가볍게 탈출하라 천사에겐 날개가 있다 드디어 구멍이 보였다 백구의 향연, 구멍에 맞추면 천사가 승천한다 절정의 울림은 귀로 들어라 천사의 승천을 보려고 절대로 머리를 들어서는 안 된다 마녀의 심술, 구멍이 크게 혹은 작게 보일 때가 있다 긴장할 때가 있다 왠지 모르게! 천사와 함께 벌이는 다양한 시구, 귀 있는 자는 들을 지라 18번의 청량한 음계, 인간이 천사가 된다

적게 치면 마음이 즐겁고 많이 치면 몸에 이롭다. 골프는 맛있다.

# 밤빛

—부산 해운대

항도 부산에서 가마솥 모양 터와 산세를 살피지 마라
미포에서 누리마루, 광안대교의 밤빛을 따라가며 보라

주작현무朱雀玄武가 남북을 아우르고 청룡백호靑龍白虎가
동서를 호령한다
장엄한 그랜드캐넌의 광폭, 수려한 장가계의 높고 낮은
봉우리, 화려한 금강산이 녹아 춤추는 용광로, 스카이라
인 따라 에디슨의 불새가 나는구나
설악산 울산바위가 혼불로 떨어져 내리는 센텀시티, 이
순신의 무적함대 버티고 섰다

놀란 유람선에 세종대왕이 숨고, 부처가 십자가를 숨기
고, 미친 자아가 광촉매에 다시 미치는, 부산 해운대의 밤
하늘엔 달과 별만 있는 게 아니다.

# 아네스

막시미아누스 박해 때에 어린양이 죽임을 당했네
순결한 처녀, 美의 화신, 아네스!
사창가에 버려졌어도 순결을 지켰으니 성녀라 하네
한 번 죽는 것은 정해진 것이로되 순교는 영원하다 하네

로마에서 죽어 서울 미우관 103호에서 살 양이면
월요일마다 바쳐지는 시인의 혼불을 당기시라
밤새 피 토하며 써온 제문을 들으시라
박찬일*의 멜랑콜리를 제하시라

아름다운 요정, 1월의 꽃, 아네스!
순수는 시간과 공간을 넘나든다 하네

* 시인, 추계예대 교수, 연대 미래교육원 강사

# 외계로부터 메시지

빈 어둠 깊은 곳, 말씀이었다.

(138억 년 전) 대폭발이 일어나고, (일초를 10에 33승으로 등분한) 찰나적 순간에 무한크기로 부풀려지던 때, 중력장에서 묵직한 쾌감을 즐기던 창조주! 생명의 기를 통해 인간창조를 마무리하시고, 우주를 유유하던 자신의 영기를 모아 보혜사성령保惠師聖靈이라 재위하시며, 시간과 공간, 사람과 사람 사이에 교통, 충만, 역사하게 하셨나니

그것은 생명 탄생의 비밀, 급팽창하는 원초적 쾌감이며, 찰나적 순간의 무한대한 자유이며, 성령의 말할 수 없는 탄식으로 친히 간구하는 바, 존재의 소멸 또한 사랑이라.

이를 믿음은 값없이 주는 신의 선물인 즉, 말씀을 사모하며 서로 사랑하라!

# 카스트라토

아내가 출근길에 차려준
아침을 서둘러 먹었다. 서두르지 않으면 안 되었다.
이제 점심은 적당히 때워도 되었다. 빵과 우유, 김밥, 라면 같은 것들
아니면 그 나물에 그 반찬에 물 말아 먹는 밥
아내가 그리웠다.

아내 오기를 기다리다 저녁을 굶었다
아내는 가끔씩 외식을 했다
어머니가 그리웠다.

아가, 밥 먹자. 밥!
어렸을 적 그 목소리,
아베마리아, 차이코프스키의 비창.
아, 어머니!

# 정해진 것이 어디 있는가 0

내가 없으면 우주도 없다. 내가 우주이고, 우주가 나이다.
天上天下唯我獨尊
하나이면서 전체, 전체이면서 하나, 무한대는 가감할 수 없다.
신은 하나다.
시작과 끝이 있는 모든 것은 영속하는 무한대의 신 앞에서 0과 같다.
존재하는 모든 것은 소멸한다. 있으나 없다 色卽是空
보인다고 존재하는 것이 아니다.
내가 없더라도 삼라만상은 존재한다. 0은 빈자리일 뿐이다.
한 영혼의 무게 21g, 없음은 창조의 출발점, 보이지 않아도 있는 것은 있다. 空卽是色, 있음과 없음은 다름이 아니다.

0에서 부처님을 만난다. 8정도*에도 열반은 없다. 정해진 것이 어디 있는가? 구원은 수행정진에 있지 아니하고 마음에 있음이니, 호흡을 가지런히 하여 모든 것을 버리라. 느낌을 그치라!

* 8정도(八正道): 고를 떠나 열반에 이르기 위한 불교의 실천 수행으로서 여덟 가지 바른 길, 곧 정견(正見), 정사(正思), 정어(正語), 정업(正業), 정명(正命), 정정진(正精進), 정념(正念), 정정(正定)을 이른다.

# 탄생

별빛 숨어드는 밤에는 바람도 숨어들었다
부드러운 애무에 가물가물 실신하듯 갈대가 누웠다
햇살을 빨아드린 근육이 급팽창하며 우주가 폭발하던 그날
한 생명이 자궁 속에 갇히었다
40억 년의 기다림, 탄생에는 행위가 있을 뿐 조건이 없다
인간 삶에 조건이 필요하단 말인가?
별빛을 받아들이고 바람에 순응하면 그뿐, 몸부림치지
마라!
기다림이 삶의 전부다
바닷물이 끓어 구름이 되고, 태양은 향기를 품는다

# 결혼 주례사

우주가 전자기파를 생성하며 대폭발을 일으켰다. 음양의 결합과 암수의 교접은 대폭발을 전제로 한다. 에너지가 필요하다. 사랑의 에너지가 생명현상으로 진화하는 데 40억 년이 걸렸다.
신랑 신부의 만남에는 오랜 기다림과 우주적 감동이 필요하다.

1. 오직 사랑함으로 인내하라!
우주에 사랑파가 있음을 증명하기 위해 이천 년 전에 하나님은 자기 아들을 화목제물로 보냈다.

2. 생긴 대로 살며 자유하게 하라!
생긴 대로 살며 다른 사람도 생긴 대로 살게 하라, 인성을 변화시키려 하는 것은 어리석은 일이다, 마음대로 생각하고 스스로 책임 있게 행동할 수 있는 권리는 민주사회의 기본적 권리이다

3. 자녀는 많이 낳을수록 좋다.

강대국으로 발돋움하려면 인구가 1억 이상은 되어야 한다

# 개성 보쌈김치가 먹고 싶다

개성 보쌈김치가 먹고 싶다
는 것은 잇몸 시린 아삭한 맛을 느끼고 싶다는 것이며
굴 밤 잣 은행하며 쪽마늘 김치속이 먹고 싶다는 것이며
함께 싸먹던 단고기의 추억어린 맛깔이 그리운 것이다

개성 보쌈김치가 먹고 싶다
는 것은 개성댁 손맛이 그립다는 것이며 고춧가루 낀
외삼촌의 누런 이빨, 구린내 나는 흙냄새가 아쉬운 것이다

개성 보쌈김치가 먹고 싶다
는 것은 때깔이 연분홍으로 고왔다는 것이며
이불 속 향기가 누이 치마폭처럼 부드러웠다는 것이며
두고 온 가시나가 시집이나 갔는지 무척 궁금해지는 것
이다

개성 보쌈김치가 먹고 싶다
는 것은 둥근 모양이 어머니 얼굴을 닮았다는 것이며
그리운 누이 함께 눈물로야 싸서 먹고 진작

통일이 되었으면 싶은 것이다
막걸리 한 사발 마시고 싶은 것이다

# 제 4부

# 아프리카

검둥 아이가 불룩해진 배를 안고, 커다한 눈을 껌벅이며
죽어갔다. 에이즈며 에볼라 바이러스가 창궐하고 있었다.
왜 죽는지 몰랐다.

아프니까 아프리카다.

아직 푸르게 남아 있는 땅 아푸르카!
아직 푸르게 살아 있는 땅 아푸르카!

창조시대 에덴동산이 있었으며 현생인류의 고향이었다.

# 소크라테스의 먹거리

누구는 갈비 정식 먹는 그 옆에서 양푼이 비빔밥을 먹었다
물 한잔 더 드시게!
사장님은 철가방 들고 자장면 배달 나갔다네

아이들은 자장면을 좋아했고
나는 비빔밥을 좋아했고
누구는 갈비 정식을 좋아했다

좋은 먹거리라 좋아하는 것인가?
좋아하니까 좋은 먹거리인가?

# 산악배낭여행 1

배낭을 쌌다.

먹거리 옷가지 침낭 안전장구 의약품…

배낭은 감당할 수 있는 중력으로 등을 밀어주는 동력, 흔들리지 않도록 잡아주는 밑짐.

배낭의 크기는 두려움의 크기, 안전이 우선이다.

사약은 빼자, 죽어질 만한 낭떠러지 바위 계곡이 얼마든지 있을 것임으로.

산불, 강풍과 폭우, 들짐승을 만날 것이다.

사심 없는 자연과의 혈투, 생존게임이다.

진정한 승리는 즉흥적이고 야성적이어야 환상적인 법.

그것은 본능과의 싸움, 사랑 따위 감정은 사치다.

슬퍼할 시간이 없다. 발톱이 빠지도록 걸어야한다.

용천湧泉을 받쳐줄 등산화, 끈을 바싹 조였다.

시간과 공간의 끈, 출발이다.

출가승의 고행, 그 내밀한 즐거움을 알 것 같다.

# 산악배낭여행 2

바위에 이름을 새기다가 구두 한 짝을 잃어 버렸다
미제 가죽구두였다
바위에 이름을 새긴들 네가 없으면 무슨 소용이 있겠니?

맨발로 걸었다 발톱이 빠졌다
발바닥이 차츰 두꺼워졌다
곰발바닥이었다

흐르는 물 위에 이름이 흘러내렸다

촛불을 켜고 구두 한 짝을 삶아 먹었다
미제 소가죽이었다.

## 산악배낭여행 3

통조림 깡통을 땄습니다.

보툴리넘 톡신*이 검출됐습니다

100만 배나 희석하여 피부에 발랐습니다.

근육이 수축되어 기분이 좋아졌습니다.

거미독을 발바닥에 바르면 팽팽한 젊음을 되찾을 수 있을까

절벽을 오르다가 거미 독에 중독됐습니다.

* 공기가 차단된 곳에서 자라는 혐기성 세균에서 나오는 맹독성 물질이다. 근육수축작용이 있으며 '보톡스'의 원료물질로 쓰인다

# 고택故宅에서

떨림, 그곳에 있었다
달빛에 은은히 비낀 물결, 탄소알 빛의 부서짐, 말의 부서짐

농자聾者, 아자啞者, 맹자盲者, 맷돌의 위짝 아래짝

해바라기만 해를 바라는 것이 아니다
이불을 깔고 요를 덮어 겨울 텃밭에 묻어둔 무우, 당근,
발정기의 짐승들,
쪽도리꽃, 잠자리꽃, 산고비, 돌단풍, 구절초, 큰 부들, 바
위채송화

거꾸로 가는 태양, 녹아내리는 만년설,
돌에서 피어나는 십자가, 피에서 캐어내는 돌부처
육신의 고향은 늘 피를 마시며 살았다

생명이 다 따ㅇ에 사는 것이지, 주검이 다 따ㅇ에 묻히는
것이지
목마름을 적시는 캠프파이어

고구마 줄기, 고춧대, 들깻단, 마른 풀 대궁이 타올랐다

환희의 불꽃, 지옥을 두려워하면서도 동경했다
피부의 굳음과 여림을 구별할 줄 아는 세월, 이방 저방 기
웃거리고 있었다

# 마른장마

마른 것도 아니고 젖은 것도 아니다
빗물을 머금지 못하고 바람 따라 몰려다니는 더운 구름
뿌리째 뽑혀 열매를 맺지 못하는 가을나무

게거품 뿜어내는 겨울바다
바람을 가두지 못하고 흐트러지는 아득한 산하
착한듯하나 카인을 추종하며 살았고
발람처럼 물질을 탐하였다, 명리를 위해 아첨했다

원망하는 자, 분열하는 자, 사로잡힌 자, 고결한 말로 자
신을 배신하며 반역했다
지위와 처소를 떠난 천사가 흑암에 갇히었다

# 월드컵 공원*

골인! 쓰레기 더미에서 해골을 찼다 축구공은 둥글고 월드컵은 뭉뚱그려 황금몽둥이로 매 맞고 걷어차여 심장이 터졌다 마포 새우젓의 등이 터져 골인! 승리에 목멘 적이 언제였던가 선홍빛 함성, 대한민국! 저 카타르시스! 억새풀 정겨운 한강 난지천의 평화,
노을 비낀 하늘을 담았다.

*월드컵공원은 아름다운 섬 난지도 80여만 평에 1978년부터 1993년까지 15년간 서울시 쓰레기 약 9,200만 톤을 매립하여 버려졌던 땅에 2002년 한일월드컵의 주경기장인 월드컵경기장을 만들면서 환경공원을 조성한 곳으로 평화의 공원, 하늘공원, 노을공원, 난지천공원, 난지한강공원으로 이루어져 있다.

# 오로지 당신이어라

우리 만남은 거스를 수 없는 엄숙함이다.
초목도 반가워 우느니, 광활한 우주의 호흡 속에서
같은 시간 같은 장소에서 너와 내가 서 있다는 것.
엄청난 경이로움이다. 차라리 두려움이다.

만남이 기적이듯 약속은 둘이 하는 것이려니
작아지고 작아지다가 마침내 여름밤 홑이불 사이로 스며
든 속삭임, 너! 바람이여!

여린 살갗을 간질이는 코스모스의 휘어짐이여!
휘어지고 휘어지다가 찾아낸 예지의 별, 반짝임이여!
새벽녘 소리 없이 스며든 풀향기, 맑은 아침이여!

마주 서 보시게! 피가 끓고 있지 않은가?
그것은 존재 소멸에 따른 자의적 정염.

함께 살아간다는 것은 서로가 한 점을 통해 창조의 역사
를 들여다보는 일,

탄생의 비밀을 경험하는 일, 우주의 질서를 이해하는 일.

고난이여 오라, 미래여 오라
바람이여, 꽃이여, 별이여! 외로움이여!

사랑한다는 것은 소멸의 아름다움을 이야기하는 것이니.

# 꽃소금

바닷물 속 하얀 꽃가루, 세상에서 소금이라고 하는 이들
에게 바다가 되라고 한 줌씩 나눠 줍니다
바다가 아니라고 바다 고기에게 낙인 찍혀 어젯밤 오줌
저린 나리가 키를 둘러쓰고 소금 얻으러 다니며 쪽 팔립
니다
소금이 썩어 가면 어쩌리요 가마솥에서 튀겨내면 하얀
꽃으로 다시 태어납니다.

오늘 아침 식탁 위에 소금 꽃이 피었습니다
에두르지 않고 묻습니다 너는 꽃소금이냐
아무래도 출근길에는 키를 둘러쓰고 나서야 할 것 같습
니다

# 첫사랑

묵과 종이의 인연으로 만났다
눈물로 찍어가던 꽃 발자국, 얼었던 꿈이 피어났다
칼잎용담, 묵향의 여린 칼끝, 그 떨림으로 사바를 재단했다

빼어남으로 자랑하지 않기를
차라리 우둔함으로 택함 받기를
겨울 텃밭에 묻어 둔 마지막 설렘이기를
이로써 처음이기를

잔설 바위틈에 삐죽 솟아오른 검은 촉수, 한줄기 붓의 검기
잘도 베었구나!
초야의 난향, 푸르게 떨고 있었다

## 요즘 어찌 지내시는지요

그냥저냥 한없이 지냅니다 감사한 일이지요
물맛 좋고, 밥맛 좋고 먹거리가 정갈합니다
차 향기 거르면서 함께 수담이라도 나누면 참 좋겠네요

메주 익어가는 툇마루에 앉아 고즈넉이 먼 산 바라봅니다
안개구름이 새벽을 이고 가면 들녘에 벼 이삭 패고
개구리 따라 뛰는 아이의 볼 따귀에 벌써 석양이 지는 군요
한가로이 하루가 갑니다

> 구름이 꼬인다 갈 리 있소.
>
> 새 노래는 공으로 들으랴오.
>
> 강냉이가 익걸랑
>
> 함께 와 자셔도 좋소.
>
> — 김상용, 「남(南)으로 창(窓)을 내겠소」 부분

님이야 서운한 만큼 촉촉이 다가오고 보고픈 만큼 아련하게 멀어져
그리우면 그리운 대로 외로우면 외로운 대로 그냥저냥

들꽃 향기 맡으며 밤 별 쳐다보며 그렇게 즐기며 삽니다

던 여름에 소나기 시원하고 춘 겨울에 함박눈 포근하니
모다 지낼 만합니다

# 윤중제의 밤

더러운 때, 껄끄러운 지난날의 회한을 씻는 예식의 자리라 하자.
남은 여생 미련을 버리고 늙은 꿈을 나눠 갖자는 축하의 자리라 하자.
세렝게티 평원의 사자들! 반백 년은 뛰었지. 흑표범처럼 날래지고 독수리 날개 쳐도  세월이 먼저 뛰었지.

위하여! 세 번 외치고 위하야! 두 번 외치는 보수 논객이거나, 왜 왔는지 모르는 노인성 치매 관리자이거나, 노래방 마이크에 예감을 털어 넣는 자아도취자이거나,

오늘은 축제다. 대한의 건아여! 우주여!

# 은퇴의 서

바람 같이 가버린 날들을 헤아리며 살아 있음에 감사하며 살기로 한다. 총알같이 빨라진 시간에 저항하며 천천히 아주 천천히 기다리며 살기로 한다.

분침에 초침까지 갖춘 세월의 톱니바퀴에서 끝도 없이 쏟아내는 마침표가 총탄처럼 날아다닌다. 위험하다. 끝내고 싶어 안달이다. 노란 경계선 밖으로 한발 물러나라. 세월을 마주 보고 우뚝 서라. 다시 태어난들 무엇을 할 것인가. 생사의 경계에 머물며 자기만의 언어를 주문처럼 외우며 죽음과 부활의 서를 노래하자. 시가 나를 사랑하면 나도 예술가인 것을.
은둔자의 종착역, 살아서 나가면 기적이다. 아아! 태어날 적 탄성, 지금은 울 수조차 없다. 스스로 어쩌지 못하는 회색의 공포여! 저 세상에 간들 무엇을 할 것인가. 죽음을 사살하라. 수의를 찢어 깃발을 올려라. 숨 쉬며 죽어 지는 것들에 대하여 호기심을 회복하라. 생명이 있는 한, 지는 꽃과 황혼의 서를 외쳐 부르자. 바람결이 나를 사랑하면 나도 시인인 것을.

# 안산 자락길

천 년 도읍지에 말안장 얹고 보니 안산鞍山
무악정, 봉수대, 길마재를 둘러둘러 무장애 자락길 7km

인왕산, 북한산 머언 먼 산봉우리 바라보며
독립문 저쪽 푸른 기와지붕이 대통령궁이려니

몇 번을 와도 좋은 나무 숲 푸른 길

이슬 맺힌 메타세쿼이아 숲길에 햇살 부서져 내리면
나뭇잎 하나하나가 반짝이는 꽃별

누가 먼저 이 숲길을 걸었을까
뉘와 함께 이 숲속을 만났던가

산자락 이어가며 길을 여는 사람들

# 제5부

# 골드미스

돈 많고 실력 있는 노처녀가 운전사 겸 경호원을 시급

고용했다

필요하면 남편 행세하는 의젓한 남자를

시간당 2만냥에

# 낙엽이 피아노 건반을 굴러다니면

브람스의 바이올린과 첼로를 위한 2중 협주곡 op102,
피아노협주곡 1번 라단조

가을은 브람스가 아니다
바이올린의 선율, 바이올린의 선율들, 바이올린들의 선율

남자는 브람스가 아니다
첼로의 흐느낌, 첼로들의 흐느낌

브람스는 이름이 없다
바이올린과 첼로의 흐느끼는 선율들

저녁이 브람스다, 첼로가 브람스다, 피아노다.
피아노가 가을이다. 당신이 낙엽이다.

# 계절이 먼저 안다

봄이면 어떤 꽃을 피울 것인지,
겨울이 안다

가을이면 어떤 열매를 맺을 것인지,
여름이 안다

계절마다 꿈이 달라도
인동초忍冬草에 금은화金銀花 피는 줄

# 구멍가게

구멍을 파는 가게는 비좁았다 구공탄 불꽃이 겨울추위와 여름습기를 쫓아냈다 예컨대 묵은지, 진간장, 라면, 소주, 딱딱한 오징어 같은

올망졸망한 조무래기 아이들이 나타났다 물건 먼저 들고 손사래를 쳐댔다 예컨대 또뽑기, 석빙고 아이스께끼, 대영빵, 고기만두, 풍선껌, 만화딱지 같은

동네 사람들은, 가령 아담한 처자와 덩치 큰 총각이 좋아해도 무엇을 어떻게 해야 하는지 몰랐다 예컨대 눈 바라보기, 코 마주치기, 뽀뽀하기, 양말 벗기, 신발 갈아 신기 같은

가게가 붐빌 때는 말랑하니 마늘종 냄새가 났다
작은 창구멍을 재빨리 열어젖혔다.
엄마 아빠의 가게*였다

* a mom-and-pop store 구멍가게

# 다랑이 논

산을 내리지르는 비탈, 계곡과 언덕에 계단이 생겼습니다. 유랑민, 마늘 심고 볍씨 뿌렸지요 아무리 세어도 한 배미가 모자라더니 삿갓 아래 숨어 있었다는 삿갓 논, 바닥에 넓적한 돌 촘촘히 깔아 물 빠짐을 막은 구들장 논, 돌에서는 괭이갈매기 우는 소리가 났습니다.
구부정하니 높다란 길 따라가며 붙여진 이름으로 구절초, 쑥부쟁이, 산국, 쥐꼬리망초, 고층 빌딩보다 높은 꽃을 피웠습니다.

밀보리 잦아들듯 다랑이, 다랭이 논이 사라집니다.
앉은뱅이 토종 밀 누룩으로 막걸리를 빚었습니다.
파도가 찰랑이는 어구에 유랑민 따라 달이 쉬어갑니다.

# 어머니 계신 곳이 고향이다

청군별과 백군별, 과자 따먹던 운동회
별 머리 이어가던 별별 이야기
어머니 업고 달리기, 구름처럼 가벼웠지
응석과 고집에 언제나 져주시던 너그러운 가슴
어머니에게 자아는 언제나 자식의 것이었다.
그래서인가? 왜 생각만 하면 콧잔등이 시큰거리는 걸까

어머니는 출발점, 아무리 달려도 돌아와야 하는 본향
눈 내리고 비 내리고
어머니 계신 곳이 고향이다

-詩作후기

# 안해전상서

당신은 내 안의 태양입니다.

You are my sunshine in mind.

안해! 말이 나의 태양이라는 것이지, 당신이나 나나 지하철 공짜로 타는 나이가 되어 '지공선사' 라 불리 우니까, 모든 일이 뭐 그리 새삼스러울 것도 없는 연배 아니겠소. 말만 걸어도 귀를 쫑긋거리며 별 이유도 없이 싸우는 나이에 접어들었으니까요.

어찌 만나 결혼하고, 딸 아들 낳고, 이제는 손주 만나는 것이 즐거움이네요. 기도제목이 여전히 남아 있긴 하지만 어쨌든 그동안 수고가 많았소이다. 일과 세속에 찌들어 살던 옛날이야기는 하지 않겠습니다.

나의 입장을 살려주며 나를 격려하고 힘이 되어 준 당신께 감사하오.

끝까지 인내하며 모든 것을 견디어 준 당신께 감사하오.

다시 태어난다면 지금의 배우자와 다시 결혼하고 싶은 사람이

100중 세 명에 불과하다지요? 당신은 어떠할 것이냐고 묻지 않겠습니다.
그러나 나는 고백할 수 있습니다.
나는 다시 태어나도 당신과 함께 이곳이 천국이다 하며 살 것이라고요. 너무 거창하다고요?
그래요. 사랑스러운 눈빛으로 당신을 바라볼 때, 왜 째려보느냐고 다투지나 맙시다.

할마시! 파이팅!

해설

# 『슬로시티』 슬로우하게 읽기

이형우(시인)

# 『슬로시티』 슬로우하게 읽기

이 형 우

## 1. 제목으로 읽는 『슬로시티』

시집 『슬로시티』에는 총 67수의 시가 실려 있다. 1부가 14수, 2부부터 4부까지가 각각 15수, 5부가 7수다. 만나지 못한 「쪽빛」을 제외하면 전연시가 10수이고 분연시가 62수다. 전연시는 평균이 5행이다. 분연시는 2연 구성이 6수, 3연이 26수, 4연이 20수 5연이 10수다. 3-4연 시들이 주류다. 실험적인 배치를 한 작품은 「回轉門」과 「팥빙수」다. 외형상으로 보면 『슬로시티』의 구조는 간단 명료하다. 그만큼 선명하고 함축적인 화법을 기대하게 한다.

제목은 시집의 압축판이다. 제목만 잘 들여다봐도 시집의 특성을 알 수 있다. 『슬로시티』에는 56수가 명사나 명사형으로 끝난다. 종결형으로 끝나는 시가 12수다. 연결어미로 끝나는 시가 1수, 부사어로 끝나는 시는 2수,

목적어로 끝나는 시 1수, 의문형으로 끝나는 시가 1수씩 있다. 명사로 끝나는 시 중에서 37수의 제목은 단일어[1어절]다. 명사는 시인의 사유 영역을 가늠하는 좋은 단서다. 제목을 모두 해체하면 명사가 100여 개 나온다. 이 중에서 '시'와 '낙엽'이란 어휘만 2회 겹친다. 중복이 없다는 점에서 시인이 제목 선택 자세를 유추할 수 있다.

명사군 중 생활 관련어의 분포도가 가장 넓다. 이는 '탄생'['축복']에서 '결혼'['주례사']과 '입관'하여 '호상'['弔詞'을 거치는 통과의례다. 이 과정에서 여성성을 부각하고 있다. 만물의 근원인 '어머니', 내면의 신神인 '안해', 성속을 넘나드는 '아네스'라는 이름이 그렇다. 그다음은 인생 여정에서 벌어지는 과정들로 재구성할 수 있다. '벙어리'에 불과했던 '아기'가 '돌잔치'를 치르고 '첫사랑'의 '축제'에 참여한다. 또 '전투수칙' 같은 철학으로 삶을 이어간다. 인생의 '回轉門'을 드나들며 문화생활['피아노', '건반', '골프', '배낭여행']을 한다. '구멍가게'를 위시한 여러 곳에서 '먹거리'['꽃소금', '대하소금구이', '음료', '해물탕', '팥빙수', '보쌈김치']를 해결한다. '고려청자'의 '향기'에도 취하지만 꼬인 삶으로 '내림굿'도 한다. '미인도'를 선망하기도 하고 '골드미스'를 원망하기도 한다. 그리고 종착지인 '노인요양병원'을 조감한다. 이러한 현대인의 삶을 한 줄로 요약하면

'금'을 중시하는 '소부르주아' 현상이다. 그는 부르주아와 노동자의 틈새를 넘나든다. 마음은 부르주아지만 몸은 노동자의 삶을 사는 존재들이다.

공간어도 많은 분포를 이루고 있다. 외부 지향 공간은 '하늘나라', '외계', '남극', '아프리카'다. 하늘나라가 뜻하는 저승, 아프리카가 내포한 궁휼은 시인의 지향점을 알게 해준다. 내부 지향 공간은 '개성', '광릉', '안산', '월드컵공원', '山西'다. 개성이 지닌 분단, 광릉이 지닌 단절, 안산鞍山과 관련된 수도 서울의 이야기들, '돌부처 황금보살 산허리에 앉아있'는 산서, '쓰레기 더미에서 해골을 찼'던 그 땅이 축제의 장이 되었던 월드컵 공원은 역사의 환유다. 이러한 시선은 '고향', '땅'의 '故宅'과 '산악'의 '다랑이 논'과 '자락길' 귀퉁이에 숨겨진 듯 있는 '내시묘비'에 까지 닿아 있다. 김시평은 하이데거가 말한 '세계-내-존재'의 삶을 시로 보여주고 있다. 반면, 시간어는 상대적으로 빈약하다. '계절'은 봄['윤중제', '벚꽃']과 가을['낙엽' 2회]이 여름['장마']보다 우위를 점한다. 시간은 '밤', '밤빛'만 보이고, 시제는 '요즘'과 '내일' 정도로 제한되어 있다. 이는 김시평이 공간 지향적임을 알게 한다. 공간어가 주는 상상력으로 시간성을 대신하고 있다.

제목으로 살펴 본 김시평의 시는 '자본'주의와 '소부

르주아' 시대의 '예술가'의 '토설'이다. '슬로시티'의 '사농공상'에도 제대로 끼지 못하는 '나르시스'의 눈물이다. '시'는 써서['書'] 무슨 '소용'이며, '노래'는 불러서 '무엇' 하느냐는 '허무'를 업['까르마']으로 깔고 있다. 그러나 시인은 '소크라테스' 같은 '눈물'을 흘리면서도 '神'을 찾고 '대도무문'의 '지평'을 열어야 하는 존재다. 『슬로시티』는 그런 '당신'[예술가]이 소묘하는 세상은 어때야 하는가를 의욕적으로 드러내려는 시집이다.

2. 화자로 읽는 『슬로시티』

시집 『슬로시티』에는 대부분 사회·역사적 화자가 등장한다. 김시평의 상상력이 거기에서 발동한다는 말이다. 사회·역사적 화자는 사상의학으로 말하면 소양인적 자아다. 소양인적 자아는 공평한 사회를 지향한다. 그런 화자는 의협심이 강하다. 나보다 남을 먼저 챙긴다. 그래서 우리 모두가 행복한 나라로 가고자 한다. 강자와 약자, 가진 자와 없는 자의 간극이 극소화된 세상을 소망한다. 그래서 불공평한 세상을 늘 슬퍼한다. 그 슬픔이 쌓이고 싸여 쉽게 분노한다. 전략과 끈기가 부족하여 대세를 그르치기 쉽다. 대의명분으로 논리적 설득을 압도하려 한다. 조급해서 마무리가 성글다. 밖만 중시하다 안을 경시한다. 남에게 신경 쓰다 나를 잘 놓친다. 세상 탓은 심해도 자탄은 드물다. 『슬로시티』를 읽는 포인트가 여기다. 큰 목소리와 표현법이 어떻게 조화를 이루는가를 살피는 일이다. 격앙된 주장만큼 작법이 정치精緻한가를 헤아리는 일이다.

> 포탄이 터졌다. 피가 흥건히 고였다. 병사가 신음하고 있었다. “나 죽을 것 같아. 나 박일병에게 10불 빌렸으니 대신 꼭 ....” 그것이 마지막이었다. 돈 벌어 학비에 보태려고 월남까지 왔다 하더니만.
>
> —「자본은 위대하다」 1연

> 병영은 A텐트에서 각자 독립적으로 운영되었다 참호가 내무반이었다. 병사들은 평등했다 장전된 소총과 수류탄을 부적처럼 지니고 있었다. 폭력과 착취와 부패가 사라졌다 애국심과 자존감이 고취되었다 무장한 자유인! 주월 한국군은 푸르고 침착했다
>
> —「전투수칙 1」 4연

> 전투수당이 지급되었다 미군달러가 괴력을 뽐내며 진화하고 있었다 5천 명 이상의 한국젊은이가 이국땅에서 조국의 이름으로 산화했다

월남이 통일되었다 '호찌민'의 냉동된 주검이 하노이 광장에 전시되어 한국 관광객을 맞았다 한국은 한강의 기적을 이루었다 월남공산당이 새마을 운동을 배우기 위해 서울, '박정희' 기념관을 찾았다 2014년, 월남참전 50주년이었다

—「까르마 50」 3 · 4연

위의 시편들은 월남전을 다루고 있다. '돈 벌어 학비에 보태려고 월남까지' 온 병사가 사망한다. 병영 생활은 '장전된 소총과 수류탄을 부적처럼 지니고 있었'기에 '병사와 병사들은 평등'하고 '폭력과 착취와 부패가 사라'졌다. 인간을 평등하게, 세상을 청렴하게 만드는 게 폭력[무기]이다. 총칼이 애국자를 만든다. 폭력은 '미군 달러'로 치환된다. 그것이 괴력을 뽐내며 진화하'던 현장에서 '5천 명 이상의 '주월 한국군'이 죽었다. "피다 만 하얀 꽃, 하얀 피 흘리며 지고/ 멍울진 붉은 꽃, 붉은 피 흘리며" 졌다. "아파도 울지 마라, 우리는 계속 뛰어야 한다"며 '충성'과 '필승'(「전투수칙 · 2」)을 복창하던 젊은 이들이 "조국의 이름으로 산화했다." 그런 전쟁이 끝났다. 불공대천의 원수지만 우리는 월남 관광을 간다. 통일 월남은 한국을 배우러 온다. 그것도 자기 민족에게 총구를 겨누라 명령한 이를 배우겠다며 온다.

둘째, 술이 고픈 날에는 술찌거미 끓여 먹고, 에틸알콜에 물 타서 마셨지. 대통령, 국방위원장, 왜놈, 되놈, 양코쟁이, 내 가슴에 술을 부으면 모두 까맣게 탔다. 인민에 의한, 인민을 위한, 인민의 나라. 대한민국! 6.25가 62를 넘어서도 해처먹고 있으면 5적이다. 미군 짬방통, 부대찌개 끓여 놓고 처음처럼 참이슬 들이켰다. 5적은 어데 있나? 도둑놈들아! 소주 1병 추가! 도저ㄱ니ㅁ드라!

—「주리고 목마른 자의 토설」 3연

'새마을 운동'과 '박정희', 통일 월남과 호찌민 후예를 대비시키고 있다. 여기에 아픈 역사['미군 짬방통, 부대찌개']와 그것으로 행복한 5적들의 모습이 겹친다. 이 지점에서 김시평은 자본의 위대함을 본다. '사람을 착하게' 하고 '사람을 진실하게' 하는 돈의 위력을 긍정한다. 명분보다 더 중요한 실리, 이론보다 앞서는 삶을 직시한다. 그런데 자본은 정치와 종교까지 물들여 버려 위대하다. 그 삼위일체는 난공불락의 성으로 세상에 군림한다. 범인凡人들은 어제[옛날] "술찌거미 끓여 먹고, 에틸알콜에 물 타서 마"셨다. 오늘 "미군 짬방통, 부대찌개 끓여 놓고 처음처럼 참이슬 들이"켠다. "노숙자가 오뎅 한 꼬치와 한 줄 김밥으로 질긴 목숨 이어"간다. "대형 선박"[세월호]이 "자기 앞바다에서 구원받지 못"한다. 그들의 삶은

"천 원짜리"처럼 "싸구려로 구겨지고" 있다. 그러나 그들의 전통은 "폭력에 대한 무저항"이다. 하지만 "강시殭屍" 같은 그들은 구타당"(「벙어리가 詩를 쓰기 시작했다」)하기 일쑤다.

> 부르주아 인텔리겐차가 비굴해진 가난에게 뿌리는 안개 같은 것
> 슬퍼하며 애통하는 자가 누리는 긍휼
> 자기 사멸에 대한 정당방위
> 그것은 순종의 어머니
>
> —「겸손」 전문

자본주의 시대에 '겸손'이란 과연 무엇인가? 겸손은 더 이상의 미덕이 아니다. "비굴해진 가난"을 숨겨주는 "안개"일 뿐이고, "자기 긍휼"이고, "자기 사멸"을 막기 위한 "정당방위"이고, "순종의 어머니"다. 그렇다면 겸손하지 못 한 자들은 어떤가? 그들은 자본의 후광으로 "5만 원 고액권"이 황금빛으로 파릇파릇한 세상"에서 산다. 거기서 신사임당[고액권]은 '구겨지며 사랑하고 살고 싶' 어도 그러지 못하는 주체다. 자의와 상관없이 금고에서 치부 수단이란 '금융 경제'를 이끈다.(「소부르주아의 향기」) 세상은 모든 게 화폐화되어 있다. 신사임당이라는

정신적인 가치까지 교환 수단으로 등급화해 있다. 화자는 여기서 노골적으로 말한다. "진실은 언제나 솔직함에서 찾아야"하고, "자유는 진리 속에 내주하며, 자본은 자유를 먹고 자란다"고 한다. 그래서 "영성은 천 원짜리 자유를 찾아 광야로 돌아갔어야 했다"(「천 원짜리 자유」)고 비판한다. "인문학과 창조경제와 사회통섭이 인구에 회자하고 있"고 "사채업과 정치사기와 말세종교가 사농공상을 갈아엎고 있"는((「사농공상士農工商」 3연) 현실도 예외일 수 없다. 나아가 현대판 고려장이 되어버린 「노인요양병원」의 심각성을 부각한다.

> 직업에 귀천이 없다지만 세상에 장사 만한 것이 없었다.
> 그중 으뜸이 신神 장사, 다음이 사람 장사, 돈 장사, 물건 장사 순이다.
>
> —「사농공상士農工商」 1연

> 인생을 정리하고 깨달을 시기? 너무 늦었습니다.
> 대소변 받아내고 욕창을 갈아 눕힌다. 피부가 썩는다.
> 미안합니다.
> 말기암의 신음소리, 호스피스 천사님! 진통제 좀 주세요.
> 헛되고 헛되니 모든 것이 헛되도다, 전도서를 읽는다.
> 이 세상에서 저 세상으로 갈아타는 환승역, 천국행은 비싸다.

이해합니다.

기억이 차츰 멀어져 간다. 남은 소망 하나, 어떻게 죽을 것
인가!

가끔 찾아오긴 해도 아무도 제 몫이라고 챙기지 않는 영구
보관화물.

어젯밤 화물칸 한 자리가 비었다.

할 바를 다 했다는 하늘의 부름,

참 고맙습니다.

죽어서야 나갈 수 있는 곳, 다시는 돌아오지 마세요.

—「노인요양병원」 전문

지금까지 등장한 화자들의 분노는 불편부당한 현실 때문이다. 그 분노의 실상은 인간애다. 사회애요 국가애다. 이런 화자들의 궁극적인 목표는 상생이고 화합이다. 『슬로시티』에도 그런 목소리가 산재해 있다. 대안 있는 비판이고자 노력하는 모습이다. 그것이 "이제는 큰길로 나가 모두 함께 걷자, 모든 길로 통하는 상생의 길!"을 가자는 목소리다.

자본이 걷는다 위대한 길, 홀로 부패하기 쉽다.

노동이 걷는다 신성한 길, 홀로 타락하기 쉽다.

기술이 걷는다 탁월한 길, 홀로 소멸하기 쉽다.

—「대도무문大道無門」1연

이런 바람들은 역사에 대한 모순된 시선으로 드러난다. "한 나라를 세웠어도 동구 밖에 묻혀 눈물만 흘리"며 "반천 년!/ 몰락하는 제국의 막차 탄 임금"이 보인다.(「광릉 크낙새」) 그런가 하면 "놀란 유람선에 세종대왕이 숨고, 부처가 십자가를 숨기고, 미친 자아가 광촉매에 다시 미치는, 부산 해운대의 밤하늘엔 달과 별만 있는 게 아니다."고 한다.(「밤빛-부산 해운대」 3연) 개성 보쌈김치를 먹고 싶은 이유가 "그리운 누이 함께 눈물로야 싸서 먹고 진작/ 통일이 되었으면 싶"어서라 한다.(「개성 보쌈김치가 먹고 싶다」 4연) 또 「월드컵 공원」의 변모가 주는 카타르시스를 노래한다.

『슬로시티』에 등장하는 사회 · 역사적 화자들은 크게 두 종류다. 하나는 현실 비판이고 다른 하나는 현실 무마다. 현실 비판은 모던한 시쓰기로 나타난다. 여기에는 반어와 역설, 풍자와 해학까지 곁들여 있다. 도발적이고 실험적인 노력이 돋보인다. 그러나 현실 무마는 막연한 화해나, 미래 청사진으로 나타난다. 여기서는 치열하게 논했던 모던한 시쓰기가 무색하다. 화자끼리 세대차가 많이 난다. 목소리는 높고 어휘는 부유한다. 웅변조의 화법, 교훈적 어투, 감탄형 · 명령형 어미 등은 사색적인 독서를 방해한다.

> 복권 1장을 샀다. 자본주의 몰락을 합법화하는, 가난한 이에게 복의 씨앗을 심어주는 복권이려니. 흘깃 올려다본 마른하늘에 벼락이 치고 있었다. 마누라 우렛소리 "한 장이 뭐야, 다섯 장은 사야지!"
>
> —「무슨 소용인가」

> 아이들은 자장면을 좋아했고
> 나는 비빔밥을 좋아했고
> 누구는 갈비 정식을 좋아했다
>
> —「소크라테스의 먹거리」

> 바닷물 속 하얀 꽃가루, 세상에서 소금이라고 하는 이들에게 바다가 되라고 한 줌씩 나눠 줍니다
>
> —「꽃소금」

가족적 자아는 친근하게 나타난다. "어머니는 출발점, 아무리 달려도 돌아와야 하는 본향"(「어머니 계신 곳이 고향이다」)이다. 아내는 "내 안의 태양"(「안해전상서」)이다. 그런가 하면 복권을 다섯 장 사 오지 왜 한 장만 사왔냐고 벼락을 치는 아줌마다. 또 가족은 각자 취향대로

'자장면', '비빔밥', '갈비 정식'을 먹는다. 서로의 개성을 존중하는 집안이다.

> 애당초 떠돌이였다. 말을 거꾸로 타며 박치기를 좋아했다. 오지랖이 넓어 싸움질해댔다. 망아지를 잃어버렸다. 집을 짓기로 했다. 나만의 동굴, 둥글고 매끄러운 자갈을 초석으로 깔았다. 거푸집이 파편처럼 여기저기 두리번거렸다. 어깃장 못질했다. 대들보를 얹었다. 삐딱했다. 그로데스크 집이 완성됐다. '탁월한 집'이라고 이름 지었다.
>
> —「예술가」 1연

개체적 화자는 치열하고 어두운 모습으로 나타난다. 예술가의 이미지는 "수의 입고 손발이 묶"(「입관」)인 "죄인"이다. 그래서 "슬퍼할 시간이 없"이 "발톱이 빠지도록 걸어야" 한다. "하늘로 솟구치는 비룡이 될지라도/ 어떤 깨달음도 새로운 것이 아니라는 무릎 시린 결기"(「산서에서」)를 지녀야 한다.

> 우주가 전자기파를 생성하며 대폭발을 일으켰다. 음양의 결합과 암수의 교접은 대폭발을 전제로 한다. 에너지가 필요하다. 사랑의 에너지가 생명현상으로 진화하는 데 40억 년이 걸렸다.

신랑 신부의 만남에는 오랜 기다림과 우주적 감동이 필요하다.

—「결혼 주례사」 1연

현생이 과생過生과 내생의 틈새네요
상하좌우, 팔방을 합쳐 宇라하고 그 속을 가로지르는 시간을 宙라고 하지요
삶이란 공간을 타고 앉아 시간을 보내는 것이 전부일 리 없지요
빠름과 느림, 얕음과 깊음 같은 품격이 있을 법하네요
우주경계에 서서 햇살 몇 켜 잡아 놓아야 늘어난 순간을 즐길 수 있겠군요

—「슬로시티」 3연

우주적 화자는 과학적 상식에서 발원한다. 태초에 "(138억 년 전) 대폭발이 일어나고, (일초를 10에 33승으로 등분한) 찰나적 순간에 무한크기로 부풀려"(「외계로부터 메시지」) 졌다. 이 때의 "창조주"는 "생명의 기를 통해 인간창조를 마무리하시고, 우주를 유유하던 자신의 영기를 모아 보혜사성령保惠師聖靈이라 재위하시며, 시간과 공간, 사람과 사람 사이에 교통, 충만, 역사하게 하셨나니 우주만상이 지극히 신묘하여 때를 헤아려 알려 주었다" 그래서 신랑 신부의 만남은 40억 년이 걸린 기다림의 결과다.

그것은 "우주적 감동"이다. 자궁 속에 갇힌 한 생명도 "40억 년의 기다림"(「탄생」)이다. "우리 만남"도 "거스를 수 없는 엄숙함이다./ 초목도 반가워 우느니, 광활한 우주의 호흡 속에서 같은 시간 같은 장소에서 너와 내가 서 있다는 것. 그것은 엄청난 경이로움이다. 차라리 두려움이다.(「오로지 당신이어라」)

### 3. 은유 · 환유로 읽는 『슬로시티』

#### 3-1. 은유

외형상 '자기의 자기다움, 본질을 실현하려는 자기동일성 증명원리인 동시에 상충 작용이다. 동화同化는 이화異化와 표리관계이기 때문이다. 다시 말하면, 은유는 한 사물을 다른 사물의 관점에서 말하기다. 이것은 사물이나 개념 이해를 위한 장치다. 서로 다른 두 개념 영역이나 의미 영역 안에서 작용한다. 또, 서로 다른 개념이나 의미 영역 사이에서 전이 발생하며 의미 전이가 급격하다. 은유는 직유로 구조로 바꿀 수 있고, 유사성, 수직적, 계열적 선택, 통시성 특히 시간적 특성이 강하다. 유사성을 찾고 만들기 위해 유추를 필요로 하며 언어유희에 무게를 둔다. 또, 기호와 의미 자체에 관심을 가지고, 보편성이나 일반성 중시하며 동일성에 무게를 둔다. 그래서, 심층적 논리를 기초로 한 연관 관계에 관심을 가지며 본질을 지향하지만 폭력의 언어로 규명되고 있다. 이것을 『東醫壽世保元』의 용어로 번역하면, 은유는 화자가 '앎을 실천하는 행위'[行其知]다. 소우주인 몸이 대우주인 세계와의 연관성 찾기다. 여기에는 그 사람의 세계관이 개입된다. 『슬로시티』에는 크게 3종류의 은유가 있다.

*가치[대타자] 은유

'돈[자본]'은 법이고, 언어다

①돈은 사람을 착하게 한다. 돈은 사람을 진실하게 한다

②자본의 노예[자본은 사람을 부린다]

③자본은 위대하다

④신사임당은 돈[화폐]이다

⑤수선화가 몰락

환경은 타자다. 라캉의 사고를 빌면 그렇다. 인간은 태어나는 순간부터 외부의 질서에 따르며 거기에 걸맞는 언어를 습득한다. 언어는 타자가 만든 체계이고, 개개인은 그에 의존할 뿐이다. 타인이 만들어 놓은 질서[언어, 법, 규율]가 상징계다. 상징은 주체를 만드는 능력이다. 상징적 차원은 우리가 맹목적이고 자연적으로 터득해야 하는 문법 규칙들이다. 여기에 개입하는 것이 대타자다. 그러나 그것은 주체가 그것을 존재한다고 여기는 것처럼 행

동할 때만 존재한다. 대타자는 관계[환경] 속에서 의식적이든 무의식적이든 주체를 제어하는 대상이다. 가치 은유는 이를 드러낸다. 돈은 힘이고 권위다. 그래서 사람을 착하고 진실하게 만든다. 심지어 돈[자본]은 인간의 주인이고, 숭상해야 할 가치[위대]다. 자본[돈]의 고갈이 가난이다. 정신적 가치[신사임당]까지 경제적 도구[화폐]가 된다. 심지어는 꽃[수선화]의 피고 짐도 세력의 성쇠盛衰다.

*물질 은유

①지혜는 저울이다.

②가난은 훈장이다.

③세월의 톱니바퀴/세월을 쇳덩이로 바꾸고

④시간의 틈새

⑤빛이 어둠을 물리고 새벽을 내려왔다

⑥그 떨림으로 사바를 재단했다.[사바=베]

⑦구멍을 파는 가게[구멍은 상품이다.]

⑧미모가 낙찰되다[미모=상품]

⑨꽃잎은 탄흔이다.

⑩얼었던 꿈[꿈=액체]

대상을 물질화한 은유의 사례다. ①-③까지는 금속성, ④-⑨까지는 고체성으로 전이했다. ④-⑥까지는 물질적 형상을 연상할 수 있다. ⑦-⑧은 '구멍'과 '미모'가 거대 대상[상품]이란 점에서 물질화 되어 있다. ⑨는 흔적으로 남아있는 모습이고 ⑩은 꿈을 얼고 녹는 액체로 본다.

*생명 은유

①비굴해진 가난에게

②자본이 걷는다. 노동이 걷는다. 기술이 걷는다.

③하늘의 속살

④돌에서 피어나는 십자가. 피에서 캐어내는 돌부처

⑤밥이 고프다. 섹스가 고프다

⑥길들여지지 않는 4월의 자유

생명 은유는 의인화[활유화] 기법이다. 가난은 비굴하고 용감할 수 있기에 사람이다. 자본과 노동과 기술이 직립보행하는 인간이다. 하늘은 몸[속살]이고, 십자가도 꽃처럼 피고 지고, 피가 광산[흙]이라서 돌부처를 캔다. 그러나 ⑤-⑥의 은유는 성격이 다르다. 밥이 소화기관⑤이고 자유는 동물⑥이다. 욕구와 욕망의 은유를 형성하고 있다.

### 3-2. 환유

은유와 환유는 전이轉移가 일어나는 과정에서 차이가 난다. 은유는 서로 다른 두 개념 영역이나 의미 영역 안에서 일어나지만 환유는 오직 하나의 개념이나 의미 영역 안에서 일어난다. 또, 환유는 사물의 일부로써 사물의 전체를 나타내는 제유와는 달리, '사물의 일부로써 그 사물과 관계가 깊은 다른 어떤 것을 나타낸다.' 다시 말하면, 환유는 어떤 대상이나 관념의 이름을 다른 이름으로 대치하는 수사법이다. 환유는 인접성에 의존하기에 공간과 시간 모두가 중요한 역할을 한다. 이는 환유가 인간의 경험에 굳건히 뿌리를 박고 있기 때문이다.

*부분으로 전체를 표시

자본→인간을 제어하는 모든 것을 총칭

오뎅, 김밥→ 하찮은 음식

소총 · 수류탄→ 무기를 총칭

철조망→군사 경비지역을 총칭

구겨진다→통용[사용]되는 현상을 총칭

신사임당=화폐[고액권]를 총칭

연필→학자

실타래→장수(長壽)

돈→재물

청진기→의사

마이크→방송인

미군병사→주둔군

국군병사→식민지군

크레모아→포탄[폭발물]

트럭→군대의 운송수단

고엽제→전쟁 후유증

기울다→편협하다

마사지룸→유흥가[환락가]

태조-태종-세종-세조→조선 왕족

숲→자연

접시→그릇

*전체로 부분을 표시

제국→조선

제시한 예문들 외에도 『슬로시티』에는 무수한 환유가 존재한다. 공통점은 부분으로 전체를 드러내는 환유가 지배적이라는 사실이다. 환유를 통해서 다시 한 번 김시평이 관심 두는 세계를 각인한다. 시는 상상력으로 좋고 나

뻠을 가릴 수 없다. 그래서 화자는 누구든 문제 되지 않는다. 하지만 그 화자가 시를 꾸려가는 방식은 시비의 대상이다. 특히 은유와 환유를 만드는 데서 시인의 시인됨이 드러난다. 은유는 앎을 행함이고 환유는 행함을 구체화[되풀이] 하는 행위다. 은유는 선택의 문제다. 한 언어를 선택하면 나머지는 연쇄적으로 달라붙는다. 이것이 환유다. 은유와 환유는 시인이 책임져야 하고 그 책임에 대한 평가가 따른다. 김시평이 구사하는 은유와 환유는 일상에 매여있다. 시적 상상력보다는 기억 환기에 그친 감이 크다.

4. 시 · 공간으로 읽는 『슬로시티』

인지력이 은유와 환유를 만든다면 애노희락哀怒喜樂은 시간과 공간을 구체화한다. 시공時空 문제는 지면 관계상 약술한다. 『슬로시티』의 시간 의식은 빠름과 느림이 공존한다. 이것은 각 시편들의 정서에서 드러난다. 『슬로시티』에서 슬픔을 노래한 작품은 30여 편이다. 이는 사회 · 역사적 화자가 지니는 보편적 특성이다. 그것은 세상을 근심하고 걱정하는 시인의 아름다운 마음이다. 여기서의 시간은 빠르다. 직설적이고 흥분된 어조 탓이다. 그 다음은 즐거움을 노래한 작품이 25편 가까이 된다. 이는 앞의 자아와는 상반되는 현상이다. 여기에다 관조적인 시도 열 서너 편 된다. 그의 즐거움과 관조는 공동체적 삶에 기초하고 있다. 더불어 살고 더불어 즐거웁고 더불어 편안하고자 한다. 여기서의 시간은 더디다. 어조 역시 차분하다. 시간으로 살피는 『슬로시티』는 균형 잡힌 시집이다. 사회 · 역사적 화자의 부정적인 안목을 긍정적으로 바꾸어 놓고 있다.

『東醫壽世保元』에서 정의한 시간은 전후이고, 그 특성은 빠르고 늦음이다. 공간은 좌우이고 관계의 문제다. 좌는 내 의지대로 할 수 있는 공간[재아공간]이고 우는 내 의지와 무관한 공간이다. '나' 의 공간은 지행知行이, 남의 공간은 녹재祿材가 관련되어 있다. '나' 는 혼자 해결 가능하지만, '남' [사회]은 불가능하다. 지행知行은 공부와 수행과 배움을 통해 내가 알고 행하는 곳이고, 녹재祿材는 개인의 뜻과는 무관한 벼슬[祿]과 돈[材]이 관련된 공간이다. 이들 공간의 관계는 '①유아 독존적인 공간. ②개인 우위 공간 ③대립 공간 ④조화[타협] 공간 ⑤대타 우위 공간 ⑥대타 절대 공간' 등으로 나눌 수 있다.

『슬로시티』에는 대타 우위 공간이 25수가 가깝다. 여기에 대타 절대 공간 10여 수, 대립 공간 서너 수까지 합하면 과반이 넘는다. 또 개인과 사회, 너와 나의 조화를 염원하는 시편들이 20여 수 가까이 된다. 반면 자폐 공간을 읊은 시는 10여 수다. 여기에 개인 우위 공간 예닐곱

수를 합해도 시집 전체로 보면 20% 조금 넘는 정도다. 그래서 『슬로시티』는 공간 넘보기가 주류인 시집이다. 그 공간은 화자가 제어 불가능하다. 온갖 부조리한 기류가 흐른다. 여기서의 안타까움이 시의 씨앗이 된다.

## 5. 「팥빙수」로 견주는 『슬로시티』

해지고 달도 저물었다
먼 데 천둥번개 쳤다
별빛 차가운 해골 언덕 맞은편, 검은 박쥐 두려움에 떨며 날았다

피비린내 비릿한 젖은 바위, 눈알 빠진 시체 버려져 있다
이끼 낀 동굴, 빛을 빨아들이는 회칠한 벽면에
붉은 독사 혀가 날름
음습한 바람 일자 까마귀 깍깍!
지네발을 찢었다

얼음골 추위가 그리웠다
얼음물 끓여 먹거나, 끓는 물 얼려 먹었다
무릇 살아 있는 것은 얼어 터지거나 끓어 넘쳐야 제맛이 난다
영하30도, 끓어오르던 떡고물 산 채로 얼어 버렸다

회색의 공간, 관 뚜껑이 열렸다

마른 뼈다귀 나뒹굴고 괴기한 그림자 혀 빼물고 섰다

앞이마는 백골로 삭아 차마 푸르다

강시다!

썩다 만 살점 하나 뚝, 엉긴 피 쭈르륵!

해골바가지 골수를 퍼마셨다

으걱으걱! 뼈 갉는 소리

어적어적! 수수밭 시궁쥐 통째로 씹어 먹었다

자주색 입술에 피멍든 눈이 움푹했다

길게 늘어진 머리칼에 하얀 치마 스르륵!

흡혈귀, 처녀귀신

긴 손톱 갈퀴 삼아 심장을 후벼 팠다

입가에 흐르는 선혈이 얼음장이다

—「팥빙수」 전문

「팥빙수」 같이 그로테스크한 시를 많이 기대하고 읽었다. 도발적인 구조, 발상, 어법까지 예상했다. "해골 언덕 맞은 편"에서 "검은 박쥐 두려움에 떨며 날"고 "피비린내 비릿한 젖은 바위"에 "눈알 빠진 시체 버려져 있"는 모습이 서린 팥빙수 같은 시를 먹고 싶었다. "붉은 독사 혀가 날름"거리고, "까마귀가 깍깍!/ 지네발을 찢"는 그런 상상력의 공간에서 살고 싶었다. 1부에서 접하는 장면들은 『하얀전쟁』을 보는 듯했다. 철 지난 이야기지만 소중한 기억을 되살려 주었다.

그런데 갈수록 시평 시인의 시평이 참 난감했다. 한 달 넘게 원고 들고 다니며 고민했다. 내 시관詩觀의 원천부터, 내 천박한 지식부터 반성했다. 맨몸으로 김시평의 시를 읽었다. 최전선의 테러리스트를 갑옷 입고 맞는 무례를 범하지 않으려고. 그러나 내린 결론은 더 완고하다. 아무리 시대가 달라지고, 시작법이 달라져도 변하지 않는 원칙이 있다. 삶이 그렇듯 시도 그렇다. 익은 사유[언어]는 평범 속에 비범함이 있다. 무질서 속에 질서가 있다. 파괴하면서 창조한다. 원심력과 구심력이 조화를 이룬다. 김시평의 사유와 시가 그리 될 날 기다린다. 불두착분佛頭著糞했기를 바랄 뿐이다.